理智与情欲
不完美的废墟
在脑中 在身体里

艺术表达中国·诗歌与绘画

写诗画画的中国人

甄巍

著

重庆大学出版社

生活多是苟且,

好在苟且间也有诗——

不必远行,

田野就在眼前

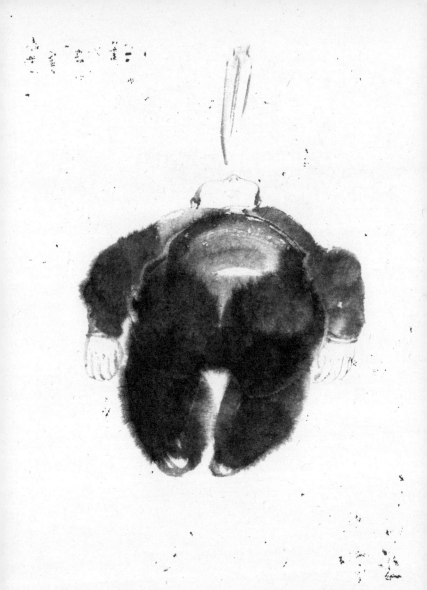

一出生就欠社会的情

　　　　　　　这就是社会的

　　　　　　　　　　生命欠账逻辑

一把供春壺

家 里　　泡茶 最多 的

早起的老人

技术不好

经常太浓

要么茶具不对

或者搞不清哪个季节

该喝什么茶

不过都有

说不清的

好味道

死 之 前

会想画一张画

毕生创作

毕业创作

一场人生的答辩会

医院和学校
比其他地方
更像天堂
更近地狱

《天网》栏目
嫌疑人指着现场
让警方拍照
充满历史感和
纪念性

像王指着
王杖
诗人指着
坟墓
螃蟹指着
筷子
女人指着
花
男人指着
肚子

可惜历史就是　一个个
无人指认
无法结案的
现场

清明

做清梦

梦里都是一场空

有口无言

如今知道了

它的味道

脱下秋裤

才觉得到了

春天

老得优雅

死得体面

一般来说这很不错了

不过还有凡·高

石川啄木[1]

----
[1] 日本俳句诗人石川啄木（1886—1912），26岁时孤独寂寞地死去。

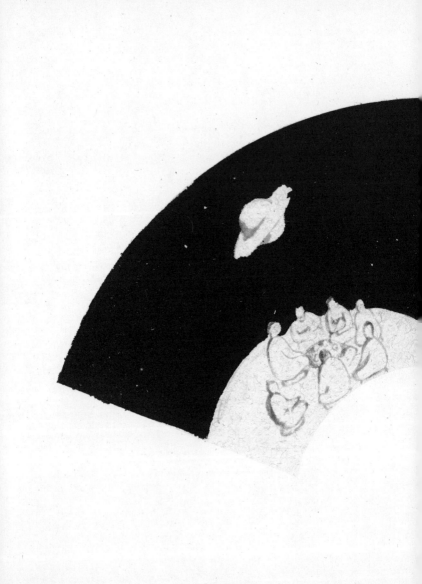

害怕　咬牙切齿　　地

写诗

像踩到了糨糊里

人们被日常

缠住了腿

sea

and

lown

真实的伴侣

叫作对不起

勇敢的追随者

有时会是伤害

自由意味着放弃

人生就是从来没有发生

《京沪线》

湿漉漉的列车
挤进丫丫杈杈的上海
歇歇脚
转个身又摇摇晃晃
向雾蒙蒙的北京
爬去

身体　作为　　工具

　　军事工具的

　　　　　　　　　　　　　　　　　　　　兵　马 俑

　　　　政治工具
　　　　和经济工具的
　　　　计划生育

未来人看现在
男人的特点是没有胡子

古代人有同感

即使在城市
我们也应该登上高山
看湖水
看晚霞

死亡是活过的生命
生活是在路上的
死亡 博尔赫斯

很少人的死

是清楚说了再见的吧

人 之 罪孽

莫过于 对 生命的亵渎,

这样的事

却总在发生

我知道自己在浪费生命

做不相干的事

一件件顺其自然

我等着命运的召唤

在能够承受的时刻

义无反顾

走向远方

这人

最大的恶
　　是只在嘴上　说说悔
行为却从不改

忘掉那些美好的东西

也不会让自己更加丑陋

想开这样一家旅馆

你睡着时

会移动到荒野

你醒来时

只有你一人

和一份早餐

此外就是

桌上放着的一本诗集了

你们七个
国家的
猫咪都
刷来找
逸凡 丁酉暮春

洪荒之力

古老师①说

白天是科学

黄昏是哲学

夜晚是宗教

我说

傍晚是诗

下午是梦

早上是歌

▸▸▸▸▸▸▸▸▸▸▸▸▸▸▸▸

① 古老师即古棕教授，北京师范大学美术系主任，被同事称为美术系的"哲学家"。

吃未完与
美术史

我带把馊馊
在炒候尚过
程中我想
走~塞尚

献丑图

无意识

有意识

无意识

一辈子

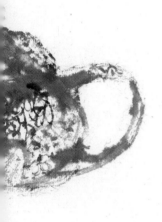

网络和手机

忧伤

浮肿面容中年

你我他

一条弯弯曲曲的命运之线

穿过手表

连接电脑

不再掷地有声

一切默默无闻

魂魄啊

大约也散了

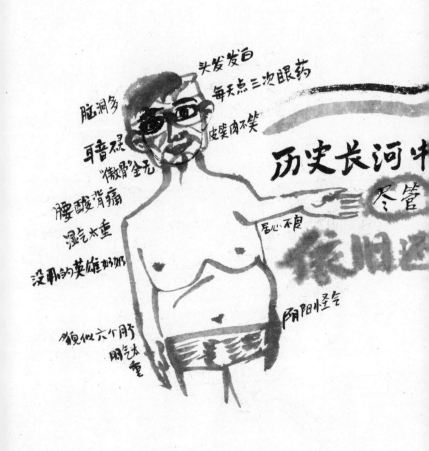

从此多了我留下的这痕迹

也没什么意义

是要踩下痕迹

四十九年元宵节记

凌晨失眠的时候

我能看到电影

在黑暗中

闭着眼睛

望着光来的方向
我能看到色彩

当欲望看不见的时候
形和结构消失的瞬间
我能看到色彩

我能看到色彩
是因为有一种情感
不由自主地

在心底产生

四十七岁

身体是物理变化

灵魂是化学变化

　　而自己和我

终于有了平等的对话

怎么也回想不起来
我出生前的状况

以及我有了意识的瞬间
身体又是如何活动的
我试着去观察自己抬起手的动作
究竟怎样发出的命令
大脑和神经相连的瞬间
依然没有头绪

哪怕动动手指
只是想想
也白搭
真的去行动
才行

因为仔细地感觉
意识、神经和筋肉
写以上这些字
几乎花了半小时

对于我们

死亡一定不是终点

死亡就是终点

对于我而言

死后我就真的没有了

变成另外一个东西

人或物

而这

既是自然

又是艺术

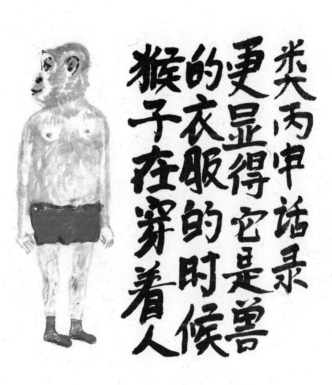

类丙申话录

猴子在穿着人的衣服的时候更显得它是兽

与其说小说好
像是生活，不如
说生活就像是
小说 卡尔·桑
·丙申话录

让人闭嘴的方法
就是用好吃的塞满嘴
或者不给吃的
饿得没力气说话

有很久
没有和真正的陌生旅人
认真地交谈了

吃饭的时候你不会知道我在想什么

打算飞去十万八千里

打算最后矫情一次

打算逐渐放开一切

习惯把名字从名单上抹去

打算忘记贪婪

打算看着皮肤起皱骨头长草

静听灵魂祈祷

我不知道

我不知道

蓝色的弧线

明亮的三角

打算住在不知名的小镇

寥寥几笔

涂抹在过去的街角

是否这就是我的打算

拉我走出罪恶和无聊

还是只有坚持

坚持活在柴米油盐的泥沼

有时候,比例
不正确,就什
么都不正确了。
——两中话语录

小心

这首诗

你看过

就会带走的

生活多是苟且,
好在苟且间也有诗.
不必远行.
田野就在眼前

山心 2016.5

对宇宙中的光子说

你多么孤寂

你多么有力

佛

不爱攥拳头
喜欢摊开手
　　　放下
　就轻松了

以爱的名义

伤雪

把装饰来掩饰去
就是不想让人
看见真实的自
己

丁酉夏

那些一无所求的爱

真的是

爱

加

息

午后时光

草地

孩童踩着轮滑

婴儿在老人怀里嬉笑

　　　　　大　人　们疲倦不堪地

　　　享受着天伦之乐

　　　我仿佛外星人

　静　静地看着

　　不敢声张

　　与我无关的事

　　为什么还要那么上心

空地星洋
天水星海

可是人活着
难道
都是
为了
我们
的风景
生
来
要
是争夺
真的
让人
那么
快乐吗

ZW
2016.7.23.

所谓的 生命无常

渐渐地体会了

在 四 十 九 岁 的 软 肚 皮 上

摩 挲 着 画 　 圈 圈 圈

槐花这般的飘落满地
　　夏天也有了秋的忧伤

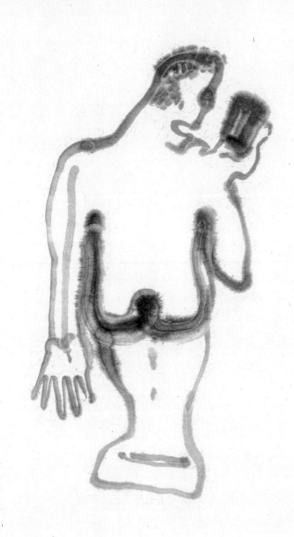

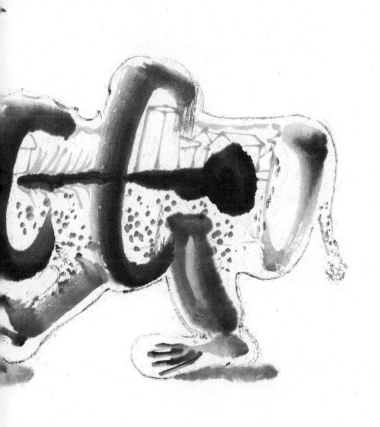

我坐在马桶上

好像一只发呆的老狗

一点诗意都没有

回想起来

鸡年的春节是一闪一闪的

不光鞭炮

不光霓虹招牌

不光治安员肩头的灯

也有心中

一闪一闪的

寂寞的

念头

每次说房子的事都是令人感觉强烈而奇怪的头大

喝多了才玩模型器 2017元

大年初一
老人们在床上
看电视
孩子在电脑前
打游戏
中年女子们看着手机
轻轻说话
中年男子使劲回忆着

刚刚过去的
几分钟生命
究竟丢在了
哪里

最近

眼睛不好①

心灵也蒙上了灰

渐渐地

春天远去

夏季来临

虫子飞到身边

不敢想

死后的事

▶ ▶ ▶ ▶ ▶ ▶ ▶ ▶ ▶ ▶ ▶ ▶ ▶ ▶ ▶ ▶ ▶ ▶

① 指的是 2013 年我被查出患有青光眼，每天需要点眼药的事情。

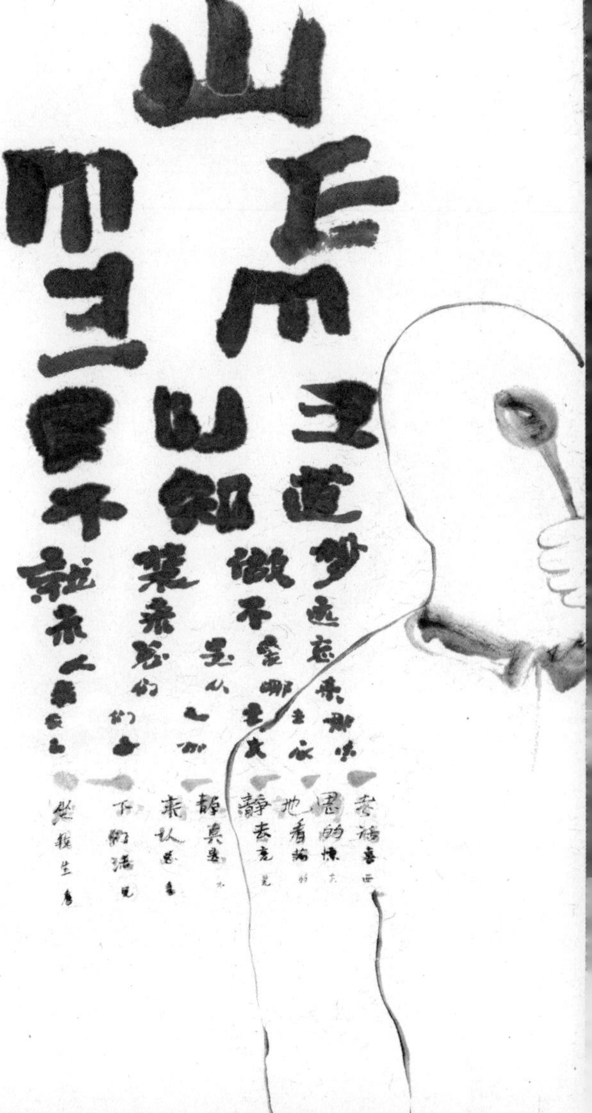

山居

王道妙远忘那味

做不会哪里去太

是从人心

莱亲密的

知

静真远

地看海

愚的悚

荣华富

来认见

的母

静去见

不的活见

一

维艰生春

城市化进程中，竹林七贤斯文扫地图

节日

就是把叫年的长蛇

切成一节一节的

日子

晾成一片一片的

期待

二〇一七元旦

覩巍

不要为作恶的心怀不平，以致作恶。

犹太格言

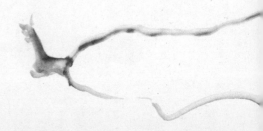

风物长宜放眼量
牢骚太盛防肠断
二一六 语录图

以为

睡不着

就可以写出清醒的句子

哪有的事儿啊

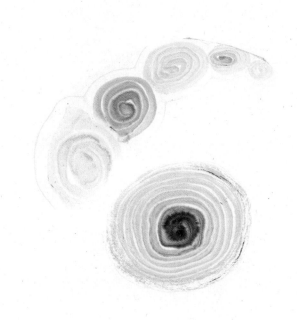

让 美 好 的 事 情

美好下去

也是困难的

恩惠越来越大
有时因为想念得太多

纵然炮口不再昂扬
的也真的老炮儿
身有骨
肿的内具傲骨
胧躯一

丙申诗禾

时间被压缩

空间被压缩

一切都被压缩

他们说这叫效率

只要想起
一生的失落
头皮屑就落满枕头

开心的时候就想请你
想办法让树很快长大呀
长得高高大大才好

牙疼初起时

像把神经当琴弦

轻轻地勾弹着

好的画家

会把人分成两类

一类是看过他作品的

一类是还没看过的

纵是最厉害的人
也有见不到的风景

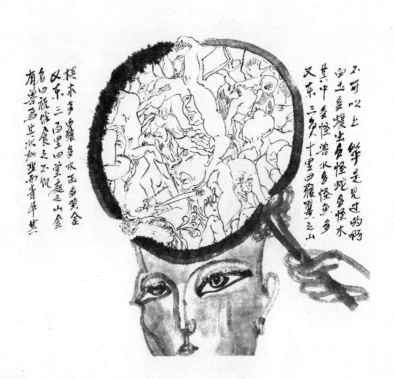

不可以上竿是見过的吗

白玉多瓁出多怪蛇多怪木
其中多怪兽水多怪鱼多
又东三多十里曰獂翼之山

楮木多鸟玃多水玉多黄金
又东三百里曰堂庭之山金
鸟曰祝馀食之不饥
有善兽生妝如鼧而青华其

想做饭
是为了做让人开心的饭

今晚
是孤独的
正好停止思想
异乡变故乡
故乡变异乡

我也不再是我了

西安的老同学们
不再是一些名字
是我的时间

要么成为一个怪人
要么成为一个更怪的人

我是一个坏人
真的是一个坏人
总这么说

就显得不那么坏了

我那根蟋蟀一样的长眉又出来了

我是昆虫吗

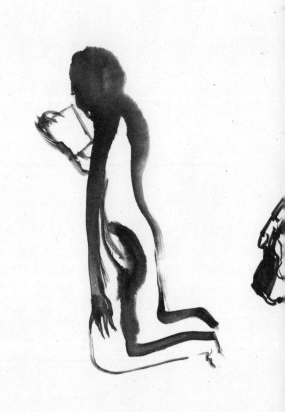

人类所有的空间感

加在一起

也解不出命中之爱的谜底

越来越喜欢一言不发

喜欢等待

喜欢一无所获

虽是眼见得年轻人一个个沉沦

俗下去

我自己也脑满肠肥

渐失敏觉

也好也好

起码让人安心

得个全尸嘞

路过 绿园①

听到鸭子的叫声
前几天还听见公鸡打鸣
一下变成 可爱的 校园

因为感到生气勃勃
拐弯走进花店
看金鱼

- - - - - - - - - - - - - - - -
① 绿园是北师大北太平庄校区后勤绿化部的小院，里面有一个花店，还养了些小动物。

习惯成自然

自然无主见

想做真正的自己

这样想着过不了五分钟

又开始害怕起来

只要画下去
才能感觉到
自己活着

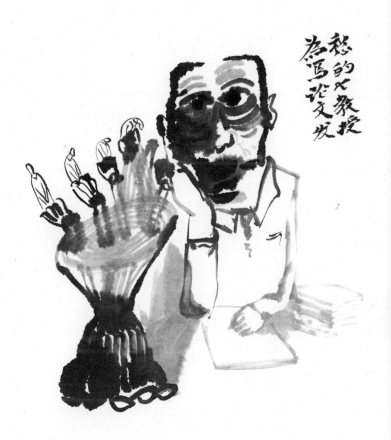

愁的老教授
为冯论文级

放弃了发财的念头

觉得自己好像

很有钱了

对于上班
终于像年轻人一样
厌倦了

以为已经认识了够多的人
本来不想再认识的
结果开个会
又认识了很多人

历史哲学是研究他人误解的学问，
历史是研究他人错误的学问。
古德里奇

我只想抚摸
由生活翻刻成的
光滑的大理石
明知是假
却用肌肤的欢愉
闭目抱住安全

第一笔颜料落布
就知道
整幅画的调子

蓝色的是人
粉色的
是
其他

汉语是含糊的

莫名其妙的美

静心

静心

静心

每次开始做正事

都要燥热地暗暗下决心

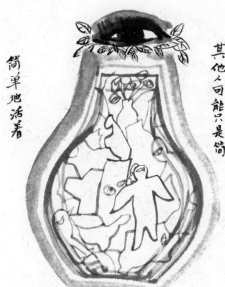

简单地活着

单纯地生活
其他人可能只是简

——伊丽莎白·锡祺

灰烬
清明烧纸后的
人生痕迹①
我还没有想过

生命停止后
期待有人凭吊

死后
应该什么感觉都没有了吧
但是人们总是不愿放弃
那点永生的希望

烧完纸钱
等最后一颗火星熄灭
我和父亲才离开

----

① 2017年清明节，我和父亲悼念已逝的亲人。奶奶和爷爷都早早离世，从没有
见过，甚至照片也没有留下。奶奶似乎是生下了父亲就离开的。

在 路边

用 粉笔画个 圈

代表发往冥国的快递

看着纸钱烟火升腾
仿佛看到了
另一个世界

我从没见过爷爷
照片也没有
似乎是饿死的
以最残酷的死亡方式

我奶奶死的时候
很年轻吧
也许
三十岁都不到
很想抱抱她啊

屏幕 中年人的墓碑

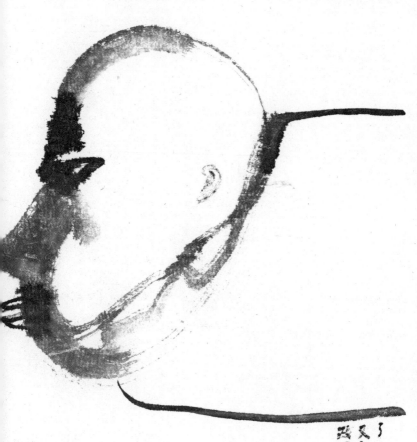

了 有熱手越後長及多人
又変成觸不可及
路衍一出 想要的

最是相思销魂时

黎明梦醒被窝中

今天下午
路过几棵树
挂着几颗果
几颗掉落地

我走过时看了几眼
心里悲伤地点了点头

人生生出一些怪兒女
受盡可笑苦奇辱
心里自去畫着的話

一區春夜

乙酉夏日画

一百年也就当一天过好了
一天也就当一百年过好了
秋天寂寞的西瓜
在秋天里想着春天和夏天
似乎过不去的冬天

火车是轨道的孩子

只管跑

却从来没有离开家

周六 的 早 晨

我反常地
在五点醒来

好像多活了 **几 小 时**

特别是想起
刚才的梦中
似乎要早早地

离去

真正的生活是在撕裂内部出现的。
生活，就是撕裂本身。阿尔贝·加缪

如果乌托邦实现

人们能够重新定义生活形态

但是，有勇气面对人性吗

鼻毛啊鼻毛

长长长

中年男人旺盛的生命力

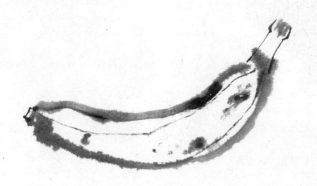

二零一七明确感觉
世界正在发生明显
的变化

当下不在
他方净土
而是内心一念

2016 年 05 月 30 日 01:05（星期一）[1]

《中年老摇滚》之词

1.《权力》

我知道权力如何获得

首先把对方打翻在地

随便找一个理由

推翻他的自信

然后用苍老的声音

说说道理

上帝都忘了自己的背面

只有权力在手里嘴里

贪婪的平静

需要用恐惧来护航

美好的理想

▸▸▸▸▸▸▸▸▸▸▸▸▸

[1] 这天有点失眠，一口气写了十首歌词，打算找机会变成可以唱
的民谣，或者最好是摇滚。

在哪里都一样

都是一样的丰厚

有血有肉

有血有肉

不管去哪里

不要忘记把权力捡起

有血有肉

有血有肉

不管你死在哪里

都要握住权力

2.《咬你，用爱的名义》

红色的牙印

你说是爱的标记

你说爱的时候

要用咬的方式

我是又怕又想

又想又怕

难受又舒服

心里痒痒

难道这就是斯德哥尔摩综合征

让被爱的人因为害怕

不敢逃避

让爱你的人就此上瘾

被虐得来劲

总想用力去咬的

何止人的身体

你要是爱

就去咬吧

给他留下印记

让他永远记得你的

爱意爱意爱意爱意爱意

哎呦哎呦哎呦哎呦哎呦

爱你爱你爱你爱你

咬你咬你咬你咬你

爱你的人

才有权利

咬死你

3.《每天要走一万步的肚子》

肚子下面的腿

走出了一个弧形

吸着城市的废气

心里想着消耗了多少的卡路里

前面跑步者的身体

怎么好像自己的肚腩

肥肥地下坠

我的腿越来越饿

走不动路

我的心

好像放在水盆里

洗呀洗

所有的东西都可以吃了

在减肥者的眼里

马路牙子可以切成面包片

抹上树叶芬芳扑鼻

汽车嚼起来一定很脆

隔离墩也充分发酵

需要配个打蛋器

需要配个打蛋器

每天一万步的走法

也没有减少一两肉的身体

但是我实在很开心

因为我的肚子终于有了心事

我的肚子终于开始自己走路

我终于有了行走的肚子

肚子有了思想的勇气

4.《猴子》

猴子啊

请不要这么夸张

把你智慧的双手

向天空伸张

当你倒立的时候

才能站在天空之上

请不要这么夸张

不要再谈你的理想

哪怕讲讲隔壁的猩猩

怎么主播

怎么表演

怎么上网

我只想让你真实地活着

但是好像有点罪恶

假如你真的要真实地活着

也许就此变成罪恶

过年城空了

才知道

我们都是

外地人

5.《厕所的尊严》

自从进了厕所

好像就没出来

仿佛长了一个树根

根深蒂固在马桶上

他们很着急

他们很着急

而我是理解你的

厕所是伟大的乌托邦

只有这里没有监控

可以把灵魂悄悄安放

光荣耀眼

安静吉祥

有时候回顾人生

把最大的秘密隐藏

甚至可以没有思想

简直可以没有思想

不被打扰的厕所时光
是诗歌的海洋
光荣耀眼
安静吉祥

不被打扰的厕所时光
是哲学的舞台
光荣耀眼
安静吉祥

6.《时间》

时间是一面镜子

一下看到另一个自己

快乐绝对不会长久

烦恼也许马上过去

既然什么也留不下来

不如眼睁睁地看着美丽远去

好好享受无聊的美酒

把所有的空虚一饮而尽

其实每天都忙得要死

忙来忙去觉得什么都没有

好在我们有时间大把

花不花都会完毕

想想这样可有多好

只有时间远去

我们才能活着

假如时间停止

必定已经死去

你好

时间

我们继续玩吧

认真享受虚无

没劲才能有趣

玩一局买一个吃一碗想一想打一下空空的空气

这里的水和那里的山

有特别多的时间

可以陪你玩上千年

不懂得抛弃

看一出凑一桌躺一下吵一架摸一摸硬邦邦的过去

这里的水和那里的山

有特别多的时间

可以陪你玩上千年

永远不抛弃

永远不抛弃

永远不抛弃

7.《女孩》

教学楼门口的女孩

身材美好

即将老去

教学楼门口的女孩

夕阳金色

不知道毕业后去向哪里

其实只要好好活着

不管怎样都很满意

不要欺骗自己就好

骗也要骗得幸福、美丽

无论如何

不要忘记这个有风的傍晚

快递小哥给你送来的盒饭

拖着行李的手

仿佛长发及腰

白衣飘飘

走向灿烂的天际

不过这不是你

真正的女孩

不管毕业去向哪里

不怕身材美好

可以勇敢老去

8.《乌鸦先生》

树上的乌鸦

好像老学究们开研讨会

西装革履

忙忙碌碌

吵吵嚷嚷

在主楼后面聚集

早出晚归

冬来暑往

你们那么聪明

说不定知道狮子们的下落

看见过柳树下的告别

背过托福核心单词

了解一万和一哪个更大

知道导师和学生

哪个更装

9.《快递》

你有一份包裹

快来西门领取

只能等到一点

不然明天再说

可是我在外面

让人代领可以

好吧好吧我尽快来取

有时候觉得

这些神秘的小东西

串联起很多人

很多事情

躲也躲不过去

就像我们的世界

你的左脚

我的右眼

荒诞而神秘

包来包去

寄来寄去

拆来拆去

分来分去

扯来扯去

东西南北

中国外国

东城西城

淘宝京东　　　　　　　　　这些神秘的小东西

昌平顺义　　　　　　　　　串联起这么多人

　　　　　　　　　　　　　这么多事

包来包去　　　　　　　　　这么多命运

寄来寄去　　　　　　　　　简直躲也躲不过去

拆来拆去　　　　　　　　　就像他们的世界

分来分去　　　　　　　　　你们的世界

扯来扯去　　　　　　　　　我们的世界

东西南北　　　　　　　　　神秘而刺激

中国外国　　　　　　　　　花钱找找乐趣

海南浙江　　　　　　　　　花钱就是

东京巴黎　　　　　　　　　乐趣

昌平顺义

10.《该睡觉了》

都十二点多了

该睡觉了

眼皮打架了

该说的都说完了

别忘了吃药

时间很晚

我知道

是不舍得睡去

这个丰富的时代

给我们丰富的情感

和丰富的肉体体验

丰富到每次都要打包带走

没有做不到的

没有想不到的

没有想不到的

只有吃不下的

连嘀嘀嗒嗒的时间

都黏黏糊糊地遗忘

忘了我们曾经坐在河边

看水泥船慢慢游过

忘了槐树下面的细碎阳光

洒在眼皮上的闪烁

忘了披着爸爸的衬衣

衬衣下面光着的小脚　　　和时间游戏

这些都是时间的恶作剧　　　即使骄傲

和你我无关　　　　　　　也要擦亮鼻尖

既然要和生命开开玩笑　　　即使舍不得爱情

就要不怕痒痒　　　　　　也要把尊严放到口袋

不怕流泪　　　　　　　　我们只有这一把扑克

被揭穿也要忍着　　　　　在睡觉之前

　　　　　　　　　　　　不要揭开底牌

　　　　　　　　　　　　不要揭开底牌

　　　　　　　　　　　　反正快要睡觉

　　　　　　　　　　　　反正还得撒尿

　　　　　　　　　　　　反正总会吃药

　　　　　　　　　　　　反正一生糊涂

　　　　　　　　　　　　真的呀

　　　　　　　　　　　　真的该去睡觉

在鸭川上看野鸭子的冬天①
仿佛已过了寂寥一生

打了电玩
买了祇园馒头
又进了松乃鳗店
一个人
混迹于东京
想象过上本地人的生活

一个人的旅行
仿佛空气也能咀嚼
仿佛阳光也在闲聊

▶▶▶▶▶▶▶▶▶▶▶▶▶▶▶▶

① 鸭川是日本京都的一条河川。此句和"祇园馒头"等句,记录的是 2013 年末
的日本旅行。

中国油泵

雨中的京都
像今早的和餐
清淡有味

不做真正的自己

开始是不敢

不能

最 后 想 也 不 想 了

无风无浪

海面平滑如皮肤

仿佛是永远不老的大海啊

每个人都会有缺陷，就像被上帝咬过的苹果，有的人缺陷比较大，正是因为上帝喜欢他的芬芳

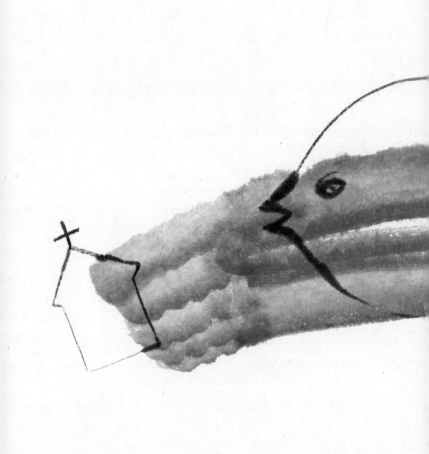

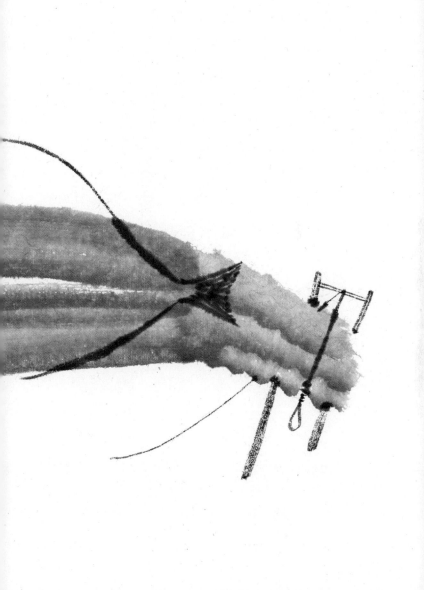

白白地过一生吧

假如你承受不了疯狂燃烧的压力

最近的失望

仿佛一日三餐

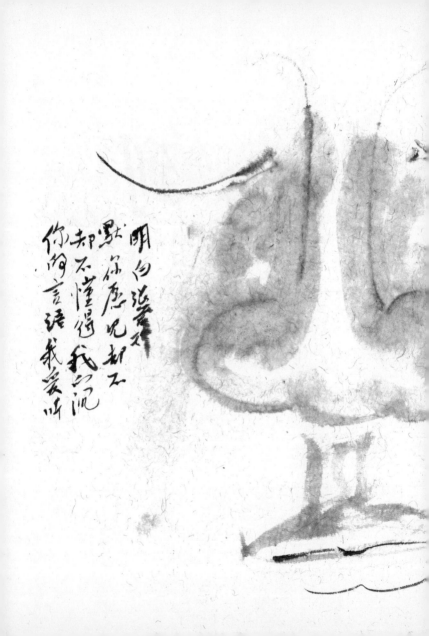

明白這暫不
默你應見卻石
卻不懂得我的沉
你的言語我愛听

我想做山
却变成水
我是坏人吗

照镜子时
我以为会是猴子
可看到的总是

猪头

鞋
每天都像踩着两只帆船
在环游世界

许久未见的友人说着话

我悄悄地

留意着咖啡旁

糖袋　洒出

来

的

糖

粒

群鸦飞舞

车流滚滚

缺月泛黄

人行慌慌

傍晚的光辉

被命运一口口吞下

丑陋的世界

看起来也是安稳的

漫画的人生

踏踏实实地走向终点

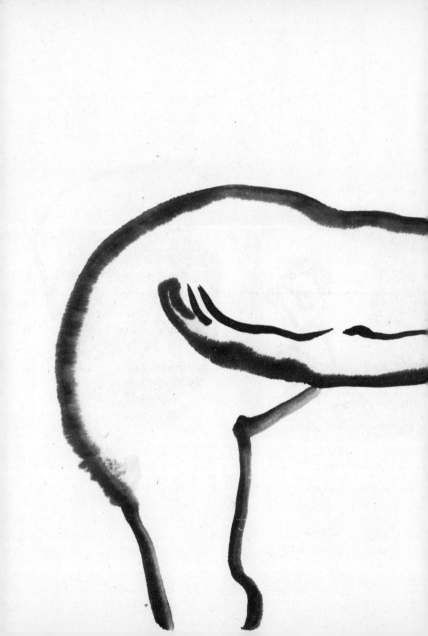

八月最后一天凌晨

我感觉重生了

很长的七月　和 八月
多少事
发生
多　少事
终于

没有发生

行走在不好看的路上

心里是美的

因为感到自由

旅行者

看见什么已经不重要了

是自己在看就好

当地铁在台北运行的时候

看得出

它有时快乐

有时忧伤

每个时刻

都有三分之一的人

在玩手机

震耳，闹心
台北机车交响乐

午饭吃两顿
晚饭也吃两顿
宝岛，饱岛

一瓶台湾啤酒
让我不淡定地

晕了

躺到地上的叶子是欢喜的

终于能有个大床了

我是荒原上的拾梦者

捡拾散落的梦

有一位少年的梦是浅蓝色的牛仔布包

蹦蹦跳跳

他说

熊，让我跳到那树的顶端

再跳下来

看我飞翔

小女孩的梦不出意料

大多数是粉色的

具体的内容醒来我忘记了

给自己放了一天假

去看展览的那天

春日融融

没有知了叫声

只听见空调嗡嗡作响

　　　　夏至

我死的时候

一定要微笑

挤地铁的时候暗暗下了
决心

突然想起

有许多数据

遗失在三寸盘、MO、U 盘和

硬盘、网络里

我描过人体穴位

写过童话故事

我曾经注册过无数的账号

遗忘了数不清的密码

我若魂魄散去

也将化为数据

在谁也说不清的角落

喘息

然后投生变成一段程序

流浪在 386 的 1.44 兆

空间里

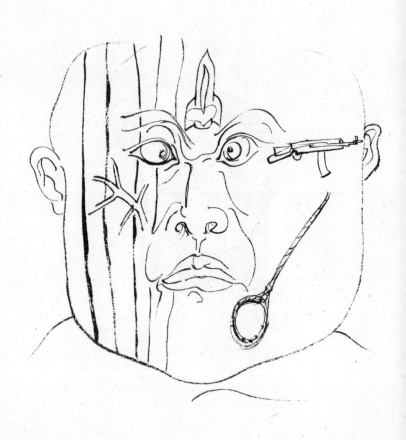

出门的时候

风扑啦啦地响

我拎着垃圾袋

觉得有点傻

我四十八岁

十二年后退休

七年后有奥运会和其他事发生

八天前几百个生命消失在天津爆炸中

一秒前我写这个字

昨天在开会

前天在开会

明天也要开会

每过七年全身的细胞都会更换

一般来说我活不过另一个四十八

能够再有二十四已经是天赐

你和我一样怕生命停止

我和你一样不喜欢热闹

安静地折腾

悄悄地好玩

没有人知道的事情

随时都会发生

在心里

在脑中

在体内

在皮肤上

和呼吸间

虽近在咫尺

却怎么也走不到大海边

苏澳港阻断了我的太平洋①

看太平洋

变成泡冷泉汤

① 苏澳港是中国台湾宜兰的一个港口。此句和"泡冷泉汤"等句，记录的是
2013 年夏天在台湾的一次旅行。

别人身上发生的事

我几乎一无所知

对你对他对一滴水和一只蚂蚁

都很模糊

爱情并不比单纯的欲望高明

或更凄凉

都是在拿命博取

日程表上写着的明天

其实是没有的

很多时候

懊悔地想

自己花了 多少时间

仅仅在 等 待呀

但更多的时候
喜悦地看着自己的等待
仿佛等待就是浇花
心就是花朵

仿佛这样浇着浇着

石头也能开花

若能识得
眼前种种
你已不是原来
的自己

丙申春夜

终于

在规矩中

中年人找到了自由

自由是遥不可及的永恒的爱

              永远都在那里等待

              但无论何时出发

              早晚也到不了

              这不是悲剧

              是喜剧

     意识到我在培养怨气

     以便拒绝

得自责一下

念

時間

可能没几个人支持我的看法

学习，没有目标的最好

爱情，没有承诺的最美

旅行，没有终点的最有趣

绘画，没有用处的最可欣赏

有用、价值、成就、荣光

大多是生活的算盘

打得越精

离真正的自己越远

中国哥特主义

汗水

噼里啪啦地落下

身体是火山吗?

中年大叔

外面雨声极大
是我喜欢的那种大
特别大
爽快极了的大

真是一场好大雨

白云无尽时
但去莫复问

无论历史欺负了谁

也不会有歉意

在傍晚的早春

用手机轻　轻播放

邓丽君的  歌曲

一个人的城市

一个人的天空

灰色的北京

每个人

都是一个　人

正如预料之中

我踩入了

生活的泥淖

说实话

对于　许多事　情

我越来越厌倦了

那种摆脱不　了的

厌倦啊

海面平静得像刮刀刮过的调色板啊
万米高空上的感慨

若海生气
皮肤就有了皱纹

海面有细细的皱纹
天晴的时候　看　过去
像凉凉的皮肤
船的一点一点　黑色，就是痣吧

耳机机机
手五西
十岁夏
丁

最近

我骄傲地认为

做个普通人的

是多么的不普通

后来觉得

这就是很普通的

想法

傻帽儿思想

最重要和最喜欢的
总是放到最后
不这样就对不起似的
自虐啊

男人悄悄比谁肚小
女人偷偷比谁腿长

做个理性的疯子
每天吃饭上班娱乐睡觉

理性
是多么大的一种疯狂呀

听友人说去游泳
回应道：秋天是游泳的季节
游泳是为了减肥
秋天是减肥的季节
似乎
秋天是做一切事情的季节

耳背的老爸
你能听见自己说话的声音吗
快听啊
秋天夜空的滚雷

突然砸在纸上的响声
原来是有叶子落下
小院里看书的午后

七千米高空云层中

想七年来的事情

一抖一抖的飞机翅膀

在云雾中

卖萌

你在消费中
消失

想象中孤独的旅行
因为租了 Wifi
而变得毫无文艺感

即使知道人生是一场空

也要安静地把空白画满

画一条船

船上有共渡者六七人

画一棵树

树下摆放桌椅板凳

清静纳凉

画一条路

没有尽头　　　　　　　　画各种的无聊

一个人孤独前行　　　　　各种辛苦

画一张床、一束光　　　　各种纠结与放不下

卧床读书　　　　　　　　画一些美

寒食雨夜江边屋　　　　　一些苦

画一座亭　　　　　　　　一些空

空寂无人吹微风　　　　　含笑拂袖

画自己　　　　　　　　　看花写字

猪头猪身大白肉　　　　　画具体又具体的

躺着裸着玩手机　　　　　窗外世界

即使含糊七次醒不来的梦呓演讲

也不会恍然悟了道理

就像缠绕反复的无头话语

逐渐分不出舌头是谁的

是传达思想

还是震震声带

或者复制声音

一般人思考的宇宙是一般的宇宙

疯子才能接近星辰的起源

即使读秒过日子

也不过是重温祖先的空虚

好在每天都有食物和疲倦

有害怕和被窝

嫉妒和开水

幸好有许多的坏

许多好

和不好不坏

即将开始的绘画项目

我将献给神与爱

献给古往今来的人

卑微的我就是这么想的

《我的画》

我想画一些
如宝石般璀璨
看见仿佛芳香扑鼻的画

我还想画一些　　　　　　那些用身体抚摸
帮助我回忆的　　　　　　情绪感知的画
我的生活感受　　　　　　不能忘记画提问题的画
还有自嘲与戏耍　　　　　还有那憋屈愤懑
无聊与有趣　　　　　　　一吐为快的画
　　　　　　　　　　　　清爽自然随遇而安的风景
　　　　　　　　　　　　最后
　　　　　　　　　　　　画生
　　　　　　　　　　　　画死
　　　　　　　　　　　　画我死后的世界
　　　　　　　　　　　　画没有的东西

因为昨天带回家
一只黑猫
于是觉得
天下猫都黑的
两册岁末

一只黑猫

因此觉得
猫都应该是
黑的

带回家

我在楼下工作
黑猫在楼上玩
我的耳朵
一直听着它
就像黑猫也在

守着我

我四周平静(问题)绝对…平静
改改天(慢慢掉落)些永久门静
不i市情
解脱

感谢你或呵你给答报

我倒不忘梦林片断

我们期待黎明就像农人
期待春天，我们期待中途站
就像期待一片福地，我们在群
星中寻找自己的真理
　　　　　　　圣埃克絮佩里

我打算画的 视觉日记

骑士和孔夫子

非洲舞蹈和打麻将的中国人

堵 塞的 景观

碎片的景观

被遗弃的 景 观

无人区

空房间和一个 男人

空房间和一个女人

桌子上一束阳光投 影

看手机的女人

屏幕在 夜晚发着幽蓝色的 光

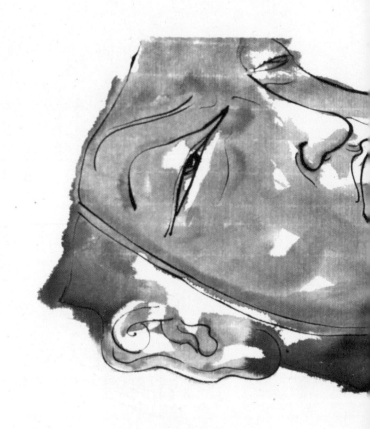

如果说未来就是过去

此刻就是永远了

真的

自从没有了希望

自从希望渺茫

那些内心深处藏着而无法言说的东西

那些丢失钥匙的锁

遗失了登录密码的邮箱

即使进去也被清空的文件夹

其实什么都在

只是看不见而已

一块石头包含整个地球历史的秘密

仔细想想

人的每一次惦念或回忆

都是对所有曾经爱过的人

人类和自己

灵魂的抚慰

我开始有一种感觉

我与历史长河宇宙万物产生了联系

举个例子

虽然早餐吃下的只是一杯果汁、一碗沙拉

和一个馒头

但也是

那么紧密的联系

我曾被万物拥抱过

被造物主拥抱过

这毫无疑问了

即使发生过的比没有发生的

更加变幻莫测

一方面故事的开始很简单，有了一个男人

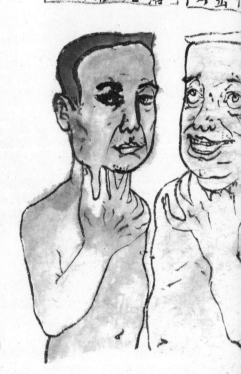

人闲桂花落　月出

一切都变了

丙寅岁末

情景交融 俭约自守 中和泰和 于是

载道以文化人 形神兼备

爱亲求同存异 和而不同 文以

乐群扶危济困 一见义勇为 敬业

孝悌忠信 礼义廉耻 自强不息

报国振兴中华 崇德向善 见贤思齐 精忠

法自然天人合一 天下兴亡匹夫有责 精忠

踏实地实事求是 惠民利民安民富民 道

物成务建功立业 革故鼎新 与时俱进 脚

思想：修齐治平 尊时受位 知常达变开

另一方面事情开始复杂充满了欢乐的

白狮
看笼中人群
打转转
粗俗不堪

我是个普通人
普通得不得了的普通人
我凭什么会得到这么不普通的普通呢

即使保持警觉

也难保自我迷失

在学术沙龙上想的竟然是这个事

体验两字

变得不太重要

但不去试试味道

又怎么知道

与

父亲总是

说话太少

触碰太少

对视太少

有空应该

多和父亲

说说话

人限制于身体

又幸亏有了身体

信息连到大脑

长大似乎总能聪明一点

但，心啊

胸膛里装着我灵魂的心啊

即使手脚残废

耳聋目盲

即使阿尔茨海默

呆头呆脑

怎样也是要

被爱

及爱人的呀

时代飞速变换
真不知
未来如何
仿佛登上一条
无终点的航船
渡过那茫茫看不见对岸的河
有时会想
该去彼岸还是回到原来这边
再想一想
竟连为何上船
也都忘记了

四十五岁以后
好像灵魂越发地
无耻起来

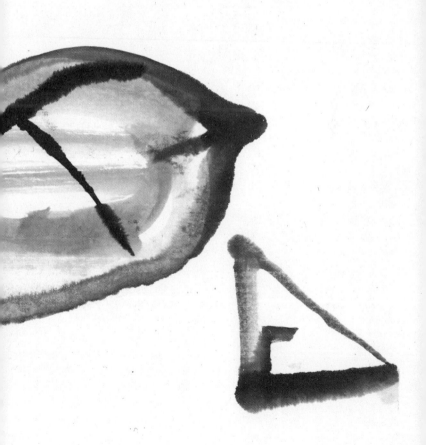

为 什么
　　要把 一句话

断得像 诗一样

一截截

因为
这样的话
每个词都会　　显得

有　尊严

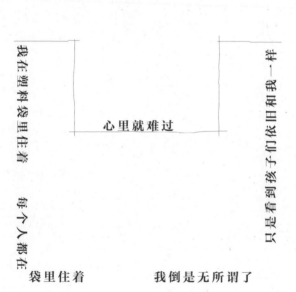

我在塑料袋里住着　每个人都在

只是看到孩子们依旧和我一样

心里就难过

袋里住着　　　　我倒是无所谓了

因为闻到一丝自由的空气

鸟儿一般兴奋起来的我

不说话

却能感觉到

身体里有海浪拍打

每次我去看海

都好像是一个人

在想着一个人

怨恨地对着自己说

就不能活得　简单点吗

从前时代情意绵绵的人

现在只是互相关心了

下雪的话

在屋里也能感觉到

心是安静的

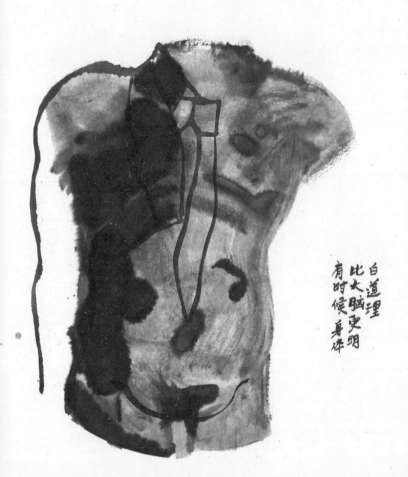

白道理
比大腦更明
有时候身体

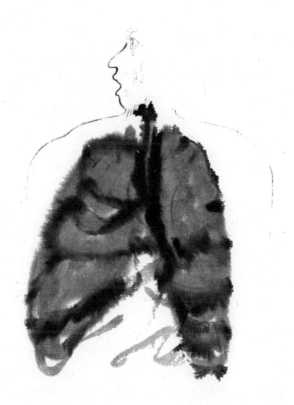

罪恶随着我来
随着我走
像是身上的皮
即使被文上了好看的花纹
我依然知道冷暖厚薄和
害臊的

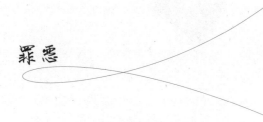

罪恶

肝胆相照

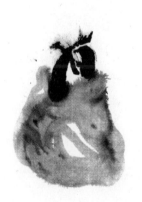

人心難測

我躺在床上

思考着

时空和生命

注意到　两只脚

自然呈现

双螺旋结构

悲伤的小鸟

躺在地上

摆出骄傲的姿势

她死台

注意到她的人

大概不会

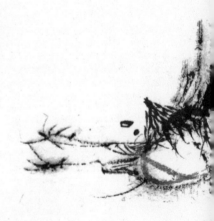

我走近那匹马 她看我的眼睛 我摸她脑上

细细的毛发 差点让 我 坠入银河

情人节单身汪
总会不是沉默的
丙申二一四

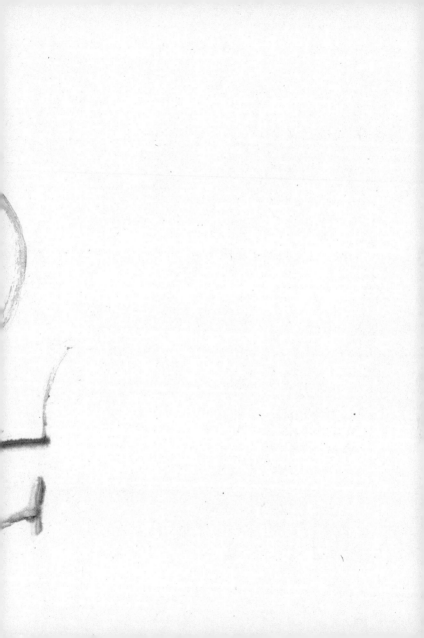

透过 猫洞

我看到黏糊糊的热情

年龄与命运乘以人的灵魂系数

大约就是苹果没有相同的复数吧

黄昏

仿佛扭头回望时

落泪

的眼

跋

以诗歌和绘画直接书写"活着"的状态，把内心的感受与视觉体验，不假思索地转化为词语符号和图像符号。随之，借助图书编辑和设计师的再创作变化成一本脑洞书，这种水墨勾画、文字书写、翻页自读的合作式游戏，很具有创作和交流的中国特征。

搁置现实视觉表象的视网膜投影意义，转换向外的生物性的"观看"为向内的精神性的"观望"，把芸芸众生的生活体验升华为某个独特个体的生命体验，再据此体验，用毛笔、水墨在宣纸上画出脑中生成的视觉内容。这种创作方法，在当代文化环境中有其双重妙处。

首先，可以把过劳的"自我"意识悬置、放空，不让理性和目的性过强。凿空大脑，唤起心性，不富为当代艺术创作的一种实验性态度。在胡思乱想、笔笔相生的后面，是"空"的情态下无目的的创作。这种释放不是激情的表现，而是虚静状态下游戏的自由，随之方能自然地融合绘画与诗歌。充满生趣和自由的创作状态，身心与毛孔是张开的，因此，画出来的画、写出来的诗，才能没有隔阂。艺术的无目的，十足包含着艺术家做人做事的态度和方法，在当下尤为可贵。

其次，以图像激发文字，以词语产生图像，可以构建出传媒时代艺术需要重视的对话关系——人与人、人与自我、人与社会、人与自然、人与历史、人与生活——真实、安静而自由的自我对话状态，是以中国艺术精神建构个人当代意境的催化剂。数字媒体时代的当下生活，每日充斥着海量冗余的图像与文字，无数的概念与思维模型披着各种各样合理的外衣，有策略地进入每个人的大脑、神经和感知觉系统，建构着人对世界和自我的身份与文化认知。稍不注意，就会习惯于人云亦云。进入当代语境的中国艺术，需要更多真实的、发自内心的、独特的、有血有肉的活的绘画，需要安静的、克制的、专注的凝视、书写和想象，并由此产生基于真实性和多样性的艺术主题。当代文明所看重的对话和交流，是对工业文明单向说服和本能压制所形成的心理压力的纾解。对于艺术家来说，基于肉体和精神产生属于自己的感受和看法，是最基本的创作条件。

即使说不出很有创意的话，起码要努力想说自己的真心话。在热情与荒诞、真实与虚幻混杂的当下，创意性的图文实践提供的是一种艺术进入生活、理想沟通现实的信息途径。

之所以说有中国式的特点，除了笔墨工具，最主要的是词语和图像产生的"脑洞"性——混杂、模糊与多义，既有抒情，又有理性，而更多的是生命体验的整体性。它是人在成长、变老的过程中，在岁月的沟沟坎坎里琢磨出的对话的情趣，是艺术的非功利性、纯粹性与个人精神在当代人文语境中的化合反应。它也体现出中国的传统艺术，特别是文人画中文学性、书写性、业余性的生活特征。日日有新鲜的感受，时时在脑中书写，无欲无求，视荒诞为合理，把诗意看作日常。诗与画，这一具有人文传统与当代性的语言形式，传递出当下艺术视觉表达的先锋状态，给艺术家准备了无比丰富的对话自我生命状态的创作辞典。我们所需要的，就是学会用好它。

甄巍

2019 年 10 月于北京

甄巍

北京师范大学艺术与传媒学院教授、博士生导师

北京师范大学京师美术馆馆长

中美富布莱特学者

教育部高等学校美术学类专业教学指导委员会委员

国家义务教育课程标准修订美术学科组成员

教育部"马工程"教材《艺术学概论》编写专家组成员

图书在版编目（CIP）数据

脑洞书 / 甄巍著. -- 重庆：重庆大学出版社，
2020.5
（艺书+）
ISBN 978-7-5689-1781-0

Ⅰ.①脑… Ⅱ.①甄… Ⅲ.①诗歌欣赏—中国—当代
②绘画评论—中国—现代 Ⅳ.① I207.22 ② J205.2

中国版本图书馆 CIP 数据核字（2019）第 182167 号

艺书+
脑洞书
NAODONG SHU
甄巍 著

策划编辑：张菱芷
责任编辑：刘雯娜　书籍装帧：胡斯一
责任校对：王 倩　责任印制：赵 晟

*
重庆大学出版社出版发行
出版人：饶帮华
社址：重庆市沙坪坝区大学城西路 21 号
邮编：401331
电话：（023）88617190　88617185（中小学）
传真：（023）88617186　88617166
网址：fxk@cqup.com.cn（营销中心）
全国新华书店经销
重庆新金雅迪艺术印刷有限公司印刷

*
开本：787mm×1092mm　1/36　印张：12$\frac{2}{3}$　字数：276 千
2020 年 5 月第 1 版　2020 年 5 月第 1 次印刷
ISBN 978-7-5689-1781-0
定价：58.00 元